1810-1845

LE CHIC

ET

LES DANDYS

Costume du matin, pour la promenade.

LE CHIC

ET

LES DANDYS

par

JACQUES BOULENGER

A PARIS

chez *HIGH LIFE TAILOR*.

112, Rue Richelieu & 12, Rue Auber.

Imprimé par DEVAMBEZ

63, Passage des Panoramas

MDCCCCIX

Il n'y a pas si longtemps qu'on peut s'écrier, en voyant passer un homme élégant : " Il a du chic ! "

Car, du " chic ", les galants chevaliers et les fins marquis du XVIII⁰ siècle n'en avaient pas. Ils ignoraient non seulement le mot, mais l'idée qu'il représente. Certes, ils devaient être charmants à regarder dans leurs habits de soie aux tendres nuances, et même bien plus charmants que nos " gommeux " d'aujourd'hui. Mais c'est que ceux-ci n'ont plus le même idéal d'élégance : ils refuseraient de porter des couleurs trop claires, fussent-elles jolies et séduisantes à miracle. -- Pourquoi ? — Parce que ce n'est pas "chic". Mais qu'est-ce donc que le chic ?

Ce qu'on appelait, sous l'Ancien Régime, un homme *bien vêtu*, c'était d'abord un homme *richement vêtu*. A cette époque, un jeune homme qui, comme ceux d'aujourd'hui, aurait choisi chez son tailleur précisément les étoffes les plus communes, sous prétexte qu'elles sont les plus distinguées, aurait certainement été pris pour un fou. Contrairement à ce qui se passe de nos jours, ce qui faisait alors un homme bien mis, c'était *le luxe et la magnificence*, beaucoup plus que la *coupe* des habits.

C'est avec le Directoire qu'apparait la notion du "chic". Tout le monde sait en effet que les *muscadins* et les *incroyables,* avec l'exagération qu'ils portaient en toutes choses, affectaient de grasseyer en parlant (c'est-à-dire qu'ils ne prononçaient pas les *r* des mots), et qu'ils se faisaient faire exprès des habits et des culottes qui les rendissent un peu bossus et cagneux. Or cet usage et ces modes-là auraient semblé tout bonnement ridicules aux jeunes élégants d'avant la Révolution, et elles n'auraient, évidemment, jamais pu s'acclimater parmi eux. C'est donc qu'à partir de la Révolution il y a quelque chose

1810.

*Première apparition du pantalon long chez
les élégants.*

de changé dans ce qu'on appelle l'élégance. Ainsi jusqu'à la fin du XVIIIe siècle, pour être compté au nombre des "merveilleux", pour être à la mode, il faut d'abord appartenir aux classes privilégiées et posséder un parchemin blasonné. Depuis le Directoire, il n'est plus besoin d'avoir ni richesse, ni naissance, ni talent, ni gloire. Seulement il faut posséder un *je ne sais quoi*, composé de tous ces éléments-là, et ce *je ne sais quoi*, c'est précisément ce que nous appelons aujourd'hui le "chic".

Or, "un honnête homme se laisse habiller par son tailleur", écrivait La Bruyère au XVIIIe siècle   (qu'aurait-il dit, à plus forte raison, s'il avait connu HIGH LIFE TAILOR!). — Mais il est des gens pour qui "s'habiller" fut toute une carrière, et le plus fameux de tous ces gens-là, c'est bien évidemment le fameux "dandy" qui eut nom Georges Brummel.

Petit-fils d'un confiseur de Londres, Brummel était encore étudiant à Oxford, lorsqu'il fut présenté au prince de Galles, qui devait être roi d'Angleterre sous le nom de Georges IV. Cela se passait dans les premières années du XIXe siècle. Le prince, séduit par sa bonne mine et son élégance, le nomma cornette dans un régiment de hussards. Mais Brummel remplissait plutôt mal ses devoirs militaires. Il affectait de ne pas même savoir reconnaître son peloton. Quand le régiment manœuvrait, il galopait à travers les rangs jusqu'à ce qu'il eût retrouvé le nez énorme, bulbeux, cramoisi, d'un de ses hommes placé au premier rang. Malheureusement, un jour, l'homme fut transféré — avec son nez — dans une autre compagnie, et Brummel, qui l'avait suivi, ne se trouva plus à sa place. Il eut à subir les observations de son colonel et cela le dégoûta du métier militaire, paraît-il.

Il donna sa démission et vint s'établir à Londres où il fut bientôt le roi de la mode. Il n'était pourtant pas très riche, mais il avait l'art de s'habiller avec une élégance inimitable, et surtout il avait, dans toute sa personne, dans ses gestes, dans ses manières, dans ses façons d'agir, de parler, de se comporter, on ne sait quelle impertinence et quelle grâce qui le rendaient insupportable et charmant à la fois.

Il se vit donc bientôt à la tête des jeunes " dandys " (c'est ainsi qu'on appelait les élégants de Londres). Le prince de Galles lui-même, qui avait de grandes prétentions au " dandysme ", subissait son ascendant et venait quelquefois assister à sa toilette. Toute l'aristocratie anglaise, pourtant si exclusive,

Habit à l'anglaise. Débuts du pantalon long.

avait adopté le petit-fils du confiseur. On le recevait partout et lorsqu'il arrivait au bal et au spectacle, c'était à qui paraîtrait le connaître. Son tailleur aurait plus volontiers inscrit sur sa porte : " Fournisseur de M. Brummel ", que " Fournisseur du Roi ". Enfin, pour tout dire en un mot, lui, Brummel se trouvait en situation de répondre à un jeune snob qui lui réclamait une somme d'argent prêtée : " L'autre soir, quand vous passiez à la porte du club, je vous ai salué de la main devant tout le monde et je vous ai dit : Bonjour Jimmy ! Ne sommes-nous pas quittes ? "

Sans doute c'était là un propos fort insolent. Mais Brummel — le " Beau ", comme on l'appelait — s'était fait, en quelque sorte, une spécialité de l'insolence. Une fois, il rencontre au Park un jeune homme dont les cheveux sont ridiculement frisés et qui mène à côté de lui, dans sa voiture, un gros caniche : " Voiture de famille, n'est-ce pas ? " s'écrie impertinemment Brummel. Un autre jour, on lui demande au club : " Où donc avez vous dîné hier ? — Chez un nommé R..., répond-il. Je présume qu'il désire que je fasse attention à lui, c'est pour cela qu'il m'a donné à dîner. Je m'étais chargé des invitations. J'avais prié Alvanley et quelques autres. Le dîner était très bon, mais, mon cher, concevez-vous mon étonnement quand j'ai vu que M. R... avait l'effronterie de s'asseoir à table avec nous ? "

Souvent le " Beau " ne craignait pas de se moquer du prince de Galles lui-même. Il allait quelquefois trop loin, et le prince, à la longue, finit par se lasser de son favori et par se brouiller avec lui. Un jour vint où Brummel, ruiné, dut quitter l'Angleterre. Hélas ! sa fin fut lamentable.

Il s'établit d'abord à Calais, puis il obtint le poste de consul à Caen. Mais on peut penser qu'il lui semblait dur, à lui, l'ancien roi des dandys, d'avoir à gagner sa vie. Il finit par se faire révoquer et il termina son existence gâteux, dans un asile.

Il avait été remplacé à Londres par un Français, le comte d'Orsay. Comme naguère Brummel, d'Orsay tenait le sceptre de la mode et régnait sur les dandys. C'est lui qui, surpris par la pluie au milieu d'une promenade à cheval, avisa un matelot couvert jusqu'aux genoux d'une longue veste en gros drap, qui fumait tranquillement sa pipe sous l'averse : " Veux-tu me vendre ton habit, mon brave ? lui demanda d'Orsay. — Mais... Mylord... — Voici deux guinées. " Et une demi-heure plus tard, d'Orsay faisait son en-

Suite des débuts du pantalon long.

trée au Park, revêtu de la veste du marin, qu'il avait passée sur son costume. La pluie avait cessé. Toute la "fashion" londonienne était là... Le lendemain, dix cavaliers se montraient avec de longues et larges vestes en gros drap, pareilles à celle que d'Orsay portait la veille, et notre *paletot* moderne était inventé.

Brummel et d'Orsay firent école en France. De 1830 à 1840 environ, tous les jeunes gens qui se piquaient d'élégance, s'efforcèrent de les imiter, sinon quant à la forme de leurs habits (car les modes avaient changé), tout au moins quant à leurs manières. On appela ces élégants parisiens du même nom qui avait désigné les élégants de Londres : les " Dandys ".

C'était alors le temps où triomphaient les doctrines littéraires du "romantisme". Les plus enragés partisans de ces doctrines tenaient à se distinguer par leur costume et à prouver jusque dans la rue leur amour du moyen-âge. C'est pourquoi ils se faisaient faire des costumes extraordinaires, portaient des pantalons collants, des gilets "en forme de pourpoints ", comme ils disaient, des cols et des cravates énormes, des chaines d'or au cou, des chapeaux pointus : on les appelait les " Bousingots ". Comme on pense, ces étranges toilettes attiraient plutôt l'attention des passants ! Mais les élégants véritables, les dandys, n'oubliaient pas le premier principe de leur maître Brummel, à savoir *qu'un homme bien mis ne doit pas être remarqué*, et ils méprisaient cordialement ces bohêmes de " Bousingots ".

Chaque jour, les dandys se réunissaient au fameux café Tortoni, aujourd'hui disparu, et qui se trouvait au coin de la rue Taitbout et du Boulevard. Ils ne s'asseyaient guère aux tables du café, mais ils se groupaient, debout, sur le perron, pour lorgner le plus insolemment possible les passants. On reconnaissait sur cet étroit escalier le marquis du Hallays, fameux duelliste, Roger de Beauvoir, le poète Alfred de Musset, Eugène Sue, qui devait écrire plus tard les populaires *Mystères de Paris* (le plus grand succès de librairie du siècle avec les *Trois Mousquetaires*) et qui n'était alors que l'auteur de romans très mondains, J. Barbey d'Aurevilly. et bien d'autres encore.

Souvent, lord Henry Seymour venait se joindre à nos dandys. Ce pauvre lord, que tout Paris désignait sous le nom de " Mylord Arsouille " et sur qui l'on racontait mille anecdotes romanesques, méritait bien peu sa réputation. On disait qu'il aimait à se mêler

1821

Chapeau à haute forme en paille noire.
Pantalon de casimir.

à la lie du peuple et qu'il se déguisait en ouvrier pour fréquenter les bals de barrière et les cabarets de bas étage ; on croyait le reconnaître pendant le carnaval, à la tête d'une bande de masques, semant l'or autour de lui et faisant volontiers le coup de poing avec les voyous... Or, le véritable "Mylord Arsouille", l'homme qui se livrait à toutes les excentricités susdites, n'était autre qu'un certain La Battut, qui se désolait tout autant de ne pouvoir apprendre son nom à la foule, que lord Seymour de la popularité de mauvais aloi qu'il possédait malgré lui. Et l'on peut croire que les dandys du perron de Tortoni ne manquaient pas de sourire de cette transposition dont ils connaissaient bien les deux héros !

Aujourd'hui lord Seymour s'en est allé rejoindre La Battut dans la tombe, et le temps n'est plus des dandys d'autrefois. Mais si Brummel, d'Orsay, Seymour et leurs disciples ont disparu, du moins leur élégance n'est point morte avec eux. Certes, les modes ont changé depuis 1835, mais c'est toujours aux principes du dandysme qu'obéissent les gens de goût. Nous avons dit que le premier axiome de Brummel était qu'" un homme bien mis ne doit pas être remarqué ", et cela est encore vrai aujourd'hui. Jamais un véritable élégant ne s'habillera avec des étoffes voyantes, et, d'ailleurs, ce n'est pas à la couleur, mais à la *coupe* de ses habits qu'il portera toute son attention. Il s'ensuit que savoir "couper", c'est tout l'art du tailleur... et cette simple remarque explique tout le succès du HIGH LIFE TAILOR. Cette étonnante maison a su résoudre le problème le plus difficile qui soit : exécuter des vêtements dont le prix soit accessible à toutes les bourses et dont le "chic" soit de nature à contenter les "dandys" eux-mêmes! Son secret est bien simple : c'est qu'elle a su réunir à prix d'or les meilleurs *coupeurs* de Londres et de Paris... Quoi qu'il en soit, à l'heure actuelle, si Brummel vivait encore, on peut être certain qu'il ne se ferait pas habiller ailleurs qu'au HIGH LIFE TAILOR !

Ce très jeune homme à la taille fine est une femme. Ainsi vêtue, George Sand se promenait plus tard aux Tuileries.

Deux élégants du boulevard de Gand.

Caricature (un peu chargée) d'un " bousingot "
romantique.

Habit à collet de velours; gilet de satin broché,
pardessus à revers en peluche.

Habit fermé et pantalon pour monter à cheval,
garni en daim intérieurement. Redingote pour la
promenade aux Champs-Élysées.

Deux jeunes lions à la terrasse de Tortoni.

L'habitude du cigare, encore nouvelle,
paraissait alors bien ridicule.

HIGH-LIFE TAILOR *fabrique lui-même tous ses tissus et les garantit pure laine, même pour ses admirables complets sur mesure à 69 fr. 50, dont il est fier d'être le promoteur.*

HIGH-LIFE TAILOR *est sans rival pour ses pardessus sur mesure à 59 fr. 50. Sa coupe élégante et la qualité de ses étoffes en font de véritables chefs-d'œuvre.*

HIGH-LIFE TAILOR *n'a pas d'intermédiaires :
c'est ce qui lui permet de vendre à des prix aussi
modiques ses vêtements faits par les premiers
coupeurs du monde.*

HIGH-LIFE TAILOR, *pour toutes ces raisons, a conquis une notoriété qui dispense de tout commentaire. Il est donc nécessaire de s'y habiller, soit 12, rue Auber, soit 112, rue Richelieu*

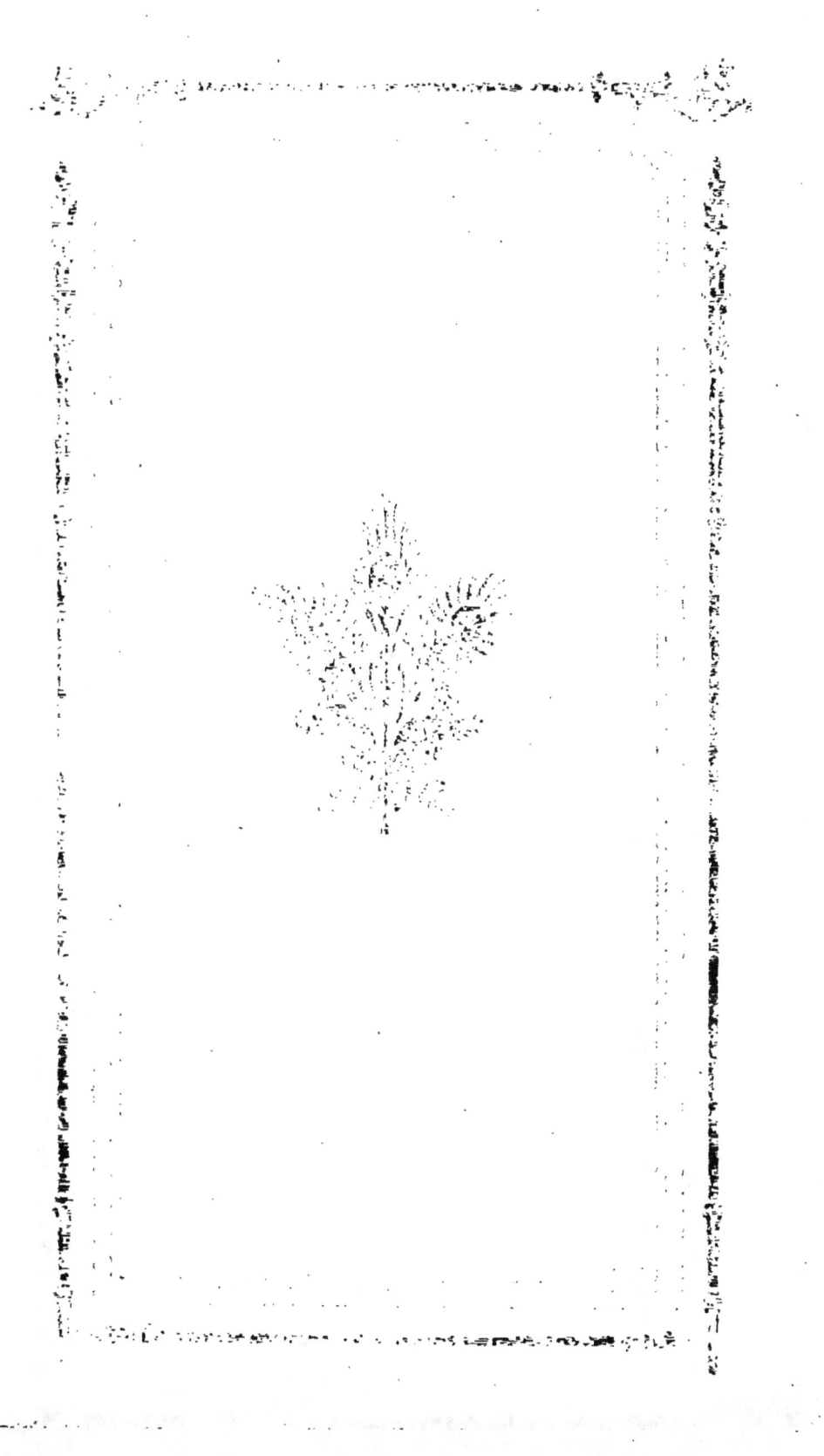

www.ingramcontent.com/pod-product-compliance
Lightning Source LLC
Chambersburg PA
CBHW071255210626
46818CB00013B/1453